Amor
essência da vida

Editora Appris Ltda.
1.ª Edição - Copyright© 2021 do autor
Direitos de Edição Reservados à Editora Appris Ltda.

Nenhuma parte desta obra poderá ser utilizada indevidamente, sem estar de acordo com a Lei nº
9.610/98. Se incorreções forem encontradas, serão de exclusiva responsabilidade de seus organi-
zadores. Foi realizado o Depósito Legal na Fundação Biblioteca Nacional, de acordo com as Leis nos
10.994, de 14/12/2004, e 12.192, de 14/01/2010.

Catalogação na Fonte
Elaborado por: Josefina A. S. Guedes
Bibliotecária CRB 9/870

S811a 2021	Stechhahn, Carlos Alberto Amor: essência da vida / Carlos Alberto Stechhahn. - 1. ed. - Curitiba: Appris, 2021. 105 p.; 21 cm. – (Coleção geral). ISBN 978-65-250-1106-6 1. Poesia brasileira. 2. Amor. 3. Natureza. I. Título. II. Série. CDD – 869.1

Livro de acordo com a normalização técnica da ABNT

Appris editora

Editora e Livraria Appris Ltda.
Av. Manoel Ribas, 2265 – Mercês
Curitiba/PR – CEP: 80810-002
Tel. (41) 3156 - 4731
www.editoraappris.com.br

Printed in Brazil
Impresso no Brasil

Carlos Alberto Stechhahn

Amor
essência da vida

FICHA TÉCNICA

EDITORIAL
Augusto V. de A. Coelho
Marli Caetano
Sara C. de Andrade Coelho

COMITÊ EDITORIAL
Andréa Barbosa Gouveia (UFPR)
Jacques de Lima Ferreira (UP)
Marilda Aparecida Behrens (PUCPR)
Ana El Achkar (UNIVERSO/RJ)
Conrado Moreira Mendes (PUC-MG)
Eliete Correia dos Santos (UEPB)
Fabiano Santos (UERJ/IESP)
Francinete Fernandes de Sousa (UEPB)
Francisco Carlos Duarte (PUCPR)
Francisco de Assis (Fiam-Faam, SP, Brasil)
Juliana Reichert Assunção Tonelli (UEL)
Maria Aparecida Barbosa (USP)
Maria Helena Zamora (PUC-Rio)
Maria Margarida de Andrade (Umack)
Roque Ismael da Costa Güllich (UFFS)
Toni Reis (UFPR)
Valdomiro de Oliveira (UFPR)
Valério Brusamolin (IFPR)

ASSESSORIA EDITORIAL
Manuella Marquetti

REVISÃO
Ana Lúcia Wehr

PRODUÇÃO EDITORIAL
Bruna Holmen

DIAGRAMAÇÃO
Daniela Baumguertner

CAPA
Raphael Rabelo da Silva

COMUNICAÇÃO
Carlos Eduardo Pereira
Débora Nazário
Kananda Ferreira
Karla Pipolo Olegário

LIVRARIAS E EVENTOS
Estevão Misael

GERÊNCIA DE FINANÇAS
Selma Maria Fernandes do Valle

COORDENADORA COMERCIAL
Silvana Vicente

PREFÁCIO

É com o meu coração repleto da mais pura gratidão que prefacio o abençoado livro de nosso irmão Carlos Alberto Stechhahn, *Amor essência da vida.*

O que é a alma, senão uma emanação do amor do Absoluto? E, como tudo que provém do Absoluto, envolta em profundo mistério? Somente o amor, sublime essência da vida, abre a porta do infinito e nos esclarece sobre o grande objetivo da vida e o destino da alma.

Enquanto peregrinamos pelos labirintos sombrios do próprio ego, não conseguimos olhar além dos limites estreitos de nossa personalidade humana, prisioneira ainda dos padrões mentais equivocados que nos caracterizam. Quando, porém, o tédio, o descontentamento e a dor visitam nosso mundo íntimo com frequência assustadora, começamos a buscar uma saída, uma resposta... A princípio, acreditamos que algo fora de nós possa realizar a obra da autolibertação; com o tempo, percebemos que somente a transformação íntima realizará a cura. É, então, que olhamos em torno. Observamos a obra majestosa de Deus, como o autor deste livro poeticamente revela.

A contemplação da beleza e da perfeição do Universo inicia um processo interior, que nos deslumbra. Tudo exalta um amor que transcende nossa compreensão.

As palavras são pobres para descrever a excelsa glória do Criador dos Mundos, mas o sentimento que lhes dá significado alcança nossa alma, comovendo-lhe as fibras mais profundas, como acontece em cada página deste trabalho.

É então que nos despojamos do manto andrajoso do homem velho, que envergávamos outrora, com excessos de arrogância, acreditando vestir-nos de ouro e púrpura e, aos pés do altar de nosso templo interno, ajoelhamo-nos e oramos em silêncio, para que o Amor seja a única realidade em nossa vida e realize a obra de nos unir a Deus, transformando-nos em instrumentos de Sua vontade!

Sueli Lopes Fernandes

Terapeuta Holística

APRESENTAÇÃO

Deus criou o Universo e o homem

Investigações científicas tentam explicar até onde os olhos da máquina podem ver. Satélites são lançados no espaço, trazendo fotografias e revelando-nos imagens do Universo em detalhes nunca vistos.

Filósofos, físicos, matemáticos e muitos outros estudiosos expressam suas teorias num mundo mágico de hipóteses, números e símbolos.

Vivemos num mundo grandioso de tantas luzes, cores e escalas de distâncias infinitas. Viajando neste macrocosmo, a Cosmologia, com seus avançadíssimos instrumentos ópticos, desenvolve o importante estudo da origem do Universo. E, na escala das "micropartículas", a física da alta energia penetra no interior do átomo e vivencia alguns conceitos que fogem ao nosso dia a dia macroscópico. Com esses estudos, importantes avanços científicos e tecnológicos são alcançados, trazendo ao mundo progresso, conforto e novos desafios.

No entanto, apesar de termos uma de nossas asas tão bem cuidada, a outra, que comporta o campo dos sentimentos, das emoções, precisa ser mais bem desenvolvida. Os campos do exercício da paciência, da tolerância e do perdão parecem ser ainda regiões difíceis de atravessarmos. Somente com as duas asas completamente desenvolvidas alçaremos os grandes voos de nossa evolução.

Diante das dificuldades desta vida, procuremos o contato, a ligação, a sintonia com Deus e com o mundo maior por meio da leitura, da mudança de atitudes, dos pensamentos e, principalmente, da oração. A prece se constitui na mais pura e eficaz forma de mantermos essa sintonia. Feita da forma singela, sincera, ela nos conduzirá aos mais altos planos. Podemos pedir, agradecer, e Deus nos ouvirá. Assim, a serenidade nos envolverá. E o ser, em indescritível sensação de felicidade, permeado de energias renovadoras, alcançará a paz.

E, quando a noite chegar, em nossa memória, ficará o carinho e o sorriso que compartilhamos.

Nossa estrada atual, muitas vezes cercada de tantas dificuldades, possui marcas do passado; porém, em nossa vida presente, e suas possíveis mudanças devido ao nosso livre arbítrio, encontra-se o prospecto de como será para nós o futuro.

Vivendo em harmonia com a natureza, apreciemos a beleza que Deus criou. E em meio a tantas energias puras, perfumes e flores no caminho, vamos agradecer pelo ar que respiramos, pela água que bebemos, pela vida que, sob Sua bondade infinita, experimentamos e por tudo ainda que vamos ter.

Saibamos que não há na terra ou no céu, nem mesmo onde cintilam as mais distantes estrelas, maior amor que o do nosso Pai pelos filhos Seus.

O autor.

SUMÁRIO

Sobrevoando flores e alcançando os infinitos... 13

Harmonia da Criação 15

Brilho cintilante 17

Construindo Estrelas 18

O Amor 20

Grãos de areia 21

Sementes 22

Presença de Deus 23

Ondas de amor 24

Terra, nosso lar azul 25

As estrelas 27

Amor, divino amor 28

Mansuetude 29

A rosa 30

Celestiais Esferas 31

O bem maior 33

Pontes de luz 34

Lindo poema 36

Mensagem serena 37

Feliz 38

Felicidade 39

As flores do nosso jardim 40

A chuva 42

Tudo a seu tempo 43

Entre as flores 44

O voo da borboleta 45

Brasil 46

Tua luz 47

Singelo abraçar 48

Sob a luz 49

Dinâmica sublime 50

O pensamento é criador 51

Esculturas Pensamento 52

Além das estrelas 53

O perfume 54

Em qualquer lugar 55

A cura 56

Estrela brilhante 57

A troca 58

Quando há amor 59

Fé 60

Acredita 61

Doce presente 62

A última voz 63

Duas almas 64

Divino olhar 65

Nas trilhas de um destino 66

O verde e a clorofila 68

Girassóis 69

Na direção da luz 70

Amanhã 71

Medita 72

Trabalho, harmonia e paz 73

Nosso universo ... 74

Sê feliz ... 76

Halo de luz ... 77

Suaves perfumes ... 78

Voz suave ... 79

Nossos erros ... 80

Fonte de vida ... 81

A vida ... 82

Serenidade ... 83

Unindo os mundos ... 84

O transformar ... 85

Constelação ... 86

Coração ... 87

Pedaço do caminho ... 88

Semente ... 89

Preciosa oferta ... 90

Nova era ... 91

Prece ... 92

Um presente ... 93

Projeções ... 94

Oportunidade bondosa ... 95

Obra divina ... 96

A busca ... 97

Pulsar ... 98

Os cinco sentidos ... 99

No silêncio da noite ... 100

Algumas narrações ... 101

Nossa história ... 103

Sobrevoando flores e alcançando os infinitos...

Sua leitura será envolvida por uma atmosfera de brisas suaves e perfume de flores.

Em nossa casa, hoje há um lindo jardim onde se pode ver, apreciar o voo da borboleta, do beija-flor, o oscilar das folhas ao vento e a sinfonia do cantar de tantos passarinhos, numa doce canção modificando a vibração do nosso pensamento.

Alguns cômodos foram modificados, outros, já nem existem mais.

A cada dia, um ambiente se renova, uma nova estrada surge e nos envolve em novos sentidos e direções.

Podemos ver sua expressão em todo o universo, nas cintilantes estrelas e na vida que evolui na Terra.

Sua harmonia, cores e sensações estão em derredor.

E se nos voltarmos para o nosso interior, para dentro de nós mesmos, teremos a vibração suave no campo do sentimento.

Para onde quer que venhamos a dirigir nossa visão ou nosso pensamento, sempre encontraremos as mais lindas expressões do Amor essência da vida.

Harmonia da Criação

Observando as estrelas cintilantes, a brilhar na amplidão do céu, somos transportados às regiões do espaço e do tempo distantes. Luzes, cores e corpos celestes em movimento refletindo a harmonia da criação da Inteligência Suprema. A morte parece não existir nem mesmo para as estrelas. Tudo se modificando de acordo com as leis da natureza, num movimento dinâmico, harmonioso e sob a égide da sabedoria divina.

A noite possui uma atividade que chama atenção de cientistas e poetas. Nela, podemos contemplar, sentir todo o brilho, a magnitude e as energias, num panorama magnífico e esplendoroso.

Em nosso céu, cintilam as estrelas e os clarões prateados do luar guiando a vida na direção da plenitude. E os grãos de areia, junto ao mar, participam do espetáculo do sol ao surgir. Sentem o sereno da noite de luar e as brisas que fluem suaves. É neste contexto, numa condição tão particular, que estamos inseridos de corpo e alma.

Iniciamos nossa trajetória de forma simples, entre trovoadas e tempestades. Colecionamos tantos aprendizados que nos fizeram crescer. Nossa história, no entanto, vai além de nosso tempo. Onde estão as lanças, as carruagens, as armaduras e os castelos vultuosos de pedras? O tempo passa em sua marcha. E como aconteceu com nossa infância, o que era importante num dado momento, não é mais num outro posterior. O resultado dessa avalanche de histórias é que elas nos fizeram crescer e entender que somos parceiros um do outro. Somos irmãos em uma família universal. A dor do próximo, hoje, aflige-nos. E a vida passou a ser mais completa. Importa o bem que praticamos, as lágrimas que enxugamos, o bem-querer sem recompensas.

A asa da sabedoria, dentro dos limites da ciência e da natureza ao nosso redor, não deixa de ser importante, pois envolve a luz do conhecimento. Porém, urge o desenvolvimento da outra. Nela, sentiremos as vibrações suaves do amor em sua pureza. Seremos a mão que acolhe e o peito que abraça, a construir o caminho que nos levará além das estrelas.

Sendo o universo todo harmonia, vemos, em nosso dia a dia, sua divina estrutura e muitos exemplos de equilíbrio, lógica e inteligência. Diante de tanta grandeza, resta-nos contemplar e agradecer. Somos parte desse todo, e a nossa vida presente tornou-se uma oportunidade de contribuirmos com toda essa estrutura. Externemos, portanto, em nosso trabalho, mesmo nas simples tarefas, toda a nossa esperança, todo o nosso conhecimento, afeto e amor.

Brilho cintilante

Teu brilho é o de muitos sóis
És a luz em forma de virtude
iluminando, qual gigantes faróis,
a alma na direção da plenitude

Transformas a sombra triste
Em clarões prateados do luar
Une e revigora tudo o que existe
No coração, há sempre um lugar

Brisas, aromas de pétalas perfumadas
Flores... e um sorriso ao recebê-las
O amor iluminando nossas moradas
com o brilho cintilante das estrelas.

E, ainda, se por um breve momento
Buscarmos pela luz de nossa essência
Surgirá o amor como o sentimento
Mais belo e radioso de nossa existência

Construindo Estrelas

Incansável, a chuva umedecia o solo
Clarões e eletricidade na atmosfera
A natureza via os seres em seu colo
A crescer, nos níveis de nossa esfera

Cintilantes pontos no céu já existiam
Serviam de guia e brilhante ornamento
E entre as flores que sob o sol cresciam
O homem observava o firmamento

As lições, aprendeu com o sofrimento
Caminhava alheio às emanações
O egoísmo vigorava no sentimento
A construir castelos de ilusões

Mas eis que nova noite era chegada
Convidando a todos a esse chamamento
O verbo e a boa nova na madrugada
Reluziam simplicidade e encantamento

A infância, no entanto, não permitia
A compreensão em seu sublime teor
E junto à aurora que faz surgir o dia
aguardou orientações do consolador

As mensagens que essas vozes deixaram
O coração se encarregou de recebê-las
Os valores das consciências se ampliaram
E o homem passou a construir estrelas.

O Amor

Como a brisa que vem dissipar o calor
Em sons suaves surge um novo dia
dessa orquestra, cujo maestro é o amor,
a transformar a vida em linda sinfonia

O amor está em todo lugar
Começou em nós um dia pequenino
Ganhou asas e se pôs a voar
Hoje é grande, esplêndido, divino

Vi o amor permeando as flores
Nas folhas de outono sobre o chão
No olhar que envolve os amores
No bater silencioso de cada coração

Que seja radiante em nosso interior
esteja na atmosfera que pudermos criar
Seu meigo exercício selará o valor
No sorriso, no brilho de cada olhar

Aprendendo a conjugar o verbo amar
Suas luzes e virtudes iremos receber
Nutrindo a alma de paz e bem-estar
a alegria do outro a inundar nosso ser

Grãos de areia

Deus ama cada um de Seus filhos
Pequenos grãos de areia junto ao mar
Formando uma multidão de brilhos
Que mesmo de longe se pode avistar

Transformando a intuição sentida
Em palavras simples, frases do coração
Brilhará a virtude a transformar a vida
De quem espera nosso afeto e nossa atenção

Alegrai-vos! Cantai lindos hinos!
Escutai a voz dessas vibrações
Que trazem em timbres tão divinos
Esperança e paz em doces canções

E os grãos de areia junto ao mar,
ante o espetáculo do sol ao surgir,
sentem o sereno da noite de luar
e as brisas que chegam suaves a fluir

E teu trabalho, nesse imenso painel,
que pintas no silêncio com tua mão,
em divino brilho refletirá no céu
como uma resplandecente constelação.

Sementes

Nossa infância surge pequenina, radiante
qual sementes no jardim a se transformar
No princípio, ela é jovem, deslumbrante
E se transforma como a noite de luar

Seu brilho pulsava como vaga-lumes
Seu cântico ecoava nos caminhos
Na estrada de multicores e perfumes
Imune ao vale de dores e espinhos

O ciclo divino fez a chuva surgir
Transformando a nossa realidade
Na chuva, o caule firme a resistir
o raiar da fase da responsabilidade

Nas horas lentas de frio ou de calor
estaremos no jardim da oração
Lançando nos campos férteis do amor
As sementes plantadas no coração

Presença de Deus

Toda a natureza esparge alegria,
sons, acordes suaves nos ouvidos teus
ela respira, transborda luz e energia
da majestosa e excelsa presença de Deus

Nesse campo, toca a música divina
num aprendizado que nos faz crescer
O amor é a luz que eleva, ilumina
e permite o invisível resplandecer

Ondas de amor

Teus acordes preenchem o ar
Uma linda canção nos faz refletir
na melodia que nos permite sonhar
a alma se vê num eterno sorrir

No vibrar das cordas de teu violão
a mente constrói lindas imagens
É luz que ecoa em nosso coração
e abraça o teor dessas mensagens

Nosso ser se abre para a amplidão
Um pouco após o imenso sol poente
para ouvir uma divina canção
iluminando nossa alma tão carente

Não nos veremos nunca sozinhos
Estamos ante as estrelas do esplendor
num jardim de rosas sem espinhos
sempre a buscar essas ondas de amor

Terra, nosso lar azul

Num ponto singelo do espaço, numa soberana expressão do amor marcada no relógio do tempo, ela surge pequenina, brilhante. Vibrações incandescentes, luminosas, se espalham no universo.

O planeta azul nasceu!

Terra... em teus passos terás tua beleza lapidada; viajarás nos céus como um pássaro azul, com o brilho de um reluzente diamante.

Serás o abrigo para a vida, simples, que surgirá entre tempestades, num transformar constante ao longo dos milênios. Verás a diversidade de vida em tua superfície e em teu âmago, em teu coração, a matéria fluirá em imenso calor. Montanhas, desertos, rios e vales, junto à vastidão dos oceanos serão ora nossa estrada, ora o vislumbrar de nossos olhos.

Os caminhos de tua história estão divinamente traçados. O Sol trazendo luz e calor e nos convidando para o trabalho que urge. E brilhando no céu, as estrelas, uma dádiva da "noite", permitindo sublimes reflexões sobre a bondade do Criador, bem como o sono que nos renova e nos eleva em sonhos.

E assim, entre as suaves brisas da oportunidade, haverá sempre uma semente de amor para plantar. Esses gestos singelos transformarão as paisagens ao nosso redor.

Com o trabalho e o pensamento focados no bem, entraremos em ressonância com as construções da natureza,

repletas de beleza, harmonia, coerência e perfeição.

As estrelas

E vão brilhando, brilhando
em tua vida de tantas jornadas
as estrelas, e iluminando...
a casa do Pai de tantas moradas

E sentindo a beleza e o olor
de perfumes e flores no caminho
teu corpo é envolvido em seu calor
qual sutil e suave carinho

Esses pontos cintilantes no céu
em tal grandeza que faz admirar
é infinita manta, sublime véu
até a hora do despertar...

E do desejo de querer tê-la
essa doce canção de sublime voz
que Deus colocou uma estrela
dentro de cada um de nós.

Amor, *divino amor*

Nuvens e trovoadas no horizonte
fortes chuvas chegam em segundos
usufrui o homem dessa rica fonte
na luz que une esses dois mundos

Essas águas que chegam às cidades
Movimentam folhas em plena selva
Brisas, perfumes e tantas claridades
Sopram da terra, do verde de sua relva

Nas sementes que brotam, o alimento
razão da lide e suor de muitos seres
dinâmica de progressivo movimento,
beleza, sabedoria e tantos pareceres

Suavemente vibra a música da vida
Na ternura, o leve tocar de tua mão
Nos valores da consciência evoluída
o que importa é brilho do coração

Mansuetude

E caminhando em pequeno passo
Num tracejado através da história
no caminho, esculpimos no espaço
Uma arte viva em nossa memória

E se pensas que o céu é só vazio
sem brilho ou luz, e sem calor
nosso universo é como um rio
tão cheio de vida em seu interior

Aqui sentes a fraterna amizade
Que desabrocha qual botão de flor
E que te deixa tanta saudade
Quando alça voo ao esplendor

Verás, no âmago da mãe natureza,
a graça do voo do beija-flor,
a mansuetude, que em sua beleza,
faz brilhar o sorriso, nascer o amor

A rosa

A Terra é um lindo jardim...
No céu, as estrelas, luzes, esplendores
Astros viajando no espaço sem fim
São como pássaros em meio às flores

Deus nos concedeu a natureza
No sol da manhã, o calor divinal
e as chuvas nos dando a certeza
de novas paisagens em nosso roseiral

Ele é a bondade que nos sustenta
Unindo e consolando corações
Mão que nos protege e alimenta
do semeio ao florir das plantações

Podes resolver o desentendimento
Doando perfumes e flores ao teu irmão
O amor, no androceu do sentimento,
te encherá de paz no gesto de perdão

E assim se move o amor...
flui pela raiz essa dádiva generosa
o botão se transforma em flor
e a flor, numa divina e perfumada rosa.

Celestiais Esferas

Em meio a gigantes estrelas
ela surge pequenina, brilhante
Cintilações azuis é possível vê-las
do espaço infinito, distante...

Entre tempestades a vida surge
Simples, sob as águas se ampliando
Beleza e trabalho, no ritmo que urge,
nas sementes que vão brotando

O homem primitivo e selvagem
Busca na crosta o seu alimento
Com lanças, muita força e coragem
Almeja para o corpo o seu sustento

Das pirâmides, templos, aos edifícios
sustentados por numerosas colunas
a alma clama por luz em seus suplícios
a preencher o vazio de suas lacunas

Preciosa Terra, és a oportunidade
do exercício da fé que fala ao coração
de um novo ser que crê na verdade
das muitas moradas na amplidão

Envolvido no campo do sentimento
não mais se lembra das antigas eras
e com os vínculos do seu pensamento
alçará voos às celestiais esferas

O bem maior

Mas se buscas um mundo melhor
nas belezas e forças desse chão
Verás que o amor é o teu bem maior,
a luz que abrigas em teu coração

Pontes de luz

É manhã, as aves já estão ensaiando
em novo ritmo, um lindo cantar
graciosas no céu, os ares vão cortando
lembrando-nos de que é hora de despertar

O sol e a chuva preparam o terreno
Onde germinará o grão a semear
Sobre as folhas ainda repousa o sereno
Da noite de estrelas, de brilho de luar

Iluminando as trilhas que nasceram
De lutas, nas estradas de outrora
Moldando o ser seus ideais cresceram
E os sonhos se realizam no agora

E ante as portas que vão se abrir
Abraçarás as provas com carinho
no tempo que nos permite construir
As muitas marcas no caminho

O trabalho de tuas preciosas mãos
cultivarás no campo ou na cidade
a saciar a fome de tantos irmãos
Nos halos de luz da caridade

Unindo o céu e a terra nessa viagem
Essas pontes de luz a te transportar
levarão o florir em tua bagagem
das paisagens que estás a transformar

Lindo poema

Se algo te faz perder a confiança
Não chores ante as dores do caminho
Faze-te forte, preserva a esperança
Sob este céu azul, não estás sozinho

Ante as marcas de erros do passado
Perdoa, persevera firme, confiante
O coração que busca ser consolado
Pode hoje servir e seguir adiante

Em teu silêncio, tua paz interior
E no diálogo que tens com Deus
sentirás a harmonia do esplendor
no divino propósito dos filhos Seus.

E de um pequeno ponto brilhante
Verás um lindo poema resplandecer
No transformar que se faz constante
A vida renasce em cada amanhecer

Mensagem serena

Luzes viajando em várias direções
A vida se expressa por movimento
asteroides ficam presos a cinturões
almas se encontram no pensamento

Um ir e vir de seres a vivenciar
O amor que une corações feridos
Que se eleva qual fragrância no ar
e perfumes em jardins floridos

Se a dor que chega pode fazer chorar
a fé desfaz a montanha da dificuldade
pois, com Deus, tudo se pode suportar
na direção da alegria, da felicidade

E na doçura de suas expressões
De harmonia, em cores tão bonitas
Alcançaremos as muitas dimensões
Dessa fonte de bondades infinitas

Um sinal de luz pulsa em nossa vida
cintila no mundo, no ser, nos corações
e faz nossa linda casa ser envolvida
na mensagem serena dessas vibrações.

Feliz

Na alegria do outro, no abraço
amor, obra divina da criação
que move as estrelas no espaço
e vibra feliz em nosso coração

Felicidade

Na luz das esferas elevadas
um caminho é então construído
Contorno e curvas mapeadas
num propósito sábio, evoluído

Ao adentrar ao orbe em aliança
uma divina luz se acende
e a ternura no olhar da criança
a voz da razão transcende

Os dias que céleres se passam
trazem para o ser novos rumos
e as muitas vidas que se enlaçam
põem os fatos em novos prumos

Nos dias de chuva, a tempestade
modifica a posição das folhas
e os caminhos, por nossa vontade,
terão o relevo de nossas escolhas

Mas se a vida, em sua magnitude,
é regida pela estrada da caridade
no trabalho teremos a plenitude,
o encontro da suprema felicidade.

As flores do nosso jardim

A beleza da Terra é indescritível. Como descrever tantas cores e diversidades? E o perfume que sai das flores?

No amanhecer de um novo dia, as estrelas são cobertas por um azul tão claro, estampado de brancas nuvens, como flocos de algodão, imitando objetos conhecidos que se movem. A cada dia, a cada amanhecer, teremos sempre a certeza da presença do frescor da manhã. Completando essa divina transformação, um gigante amarelo surge além da montanha, garantindo a vida de todos os seres, num espetáculo inexprimível às nossas palavras. Junto à raiz de uma árvore, é possível se ver o movimento de formigas e joaninhas, carregando folhas ou se alimentando de pequenos seres numa dinâmica similar a de nossas cidades.

Cruzando o céu e acompanhando os ventos, as aves nos trazem a mensagem de fé. Em seus ninhos, feitos de pequenos gravetinhos, encontram ali abrigo, aconchego. O oceano nos mostra sua força, e o mar tão cheio de vida em seu interior.

Porém, não estamos apartados desse conjunto.

Todo esse trabalho esplendoroso da natureza reflete--se na manutenção da vida e na produção de alimentos para o nosso ser. É certo ainda que essa interação com a natureza estende-se aos nossos sentimentos, pensamentos e ações.

A chuva

Da janela vejo a chuva cair
Num fluir de águas e ventos
as folhas em seus movimentos
acenam, parecem estar a sorrir

E num olhar mais atento
passarinhos em seus ninhos
feitos de singelos gravetinhos
encontram ali abrigo, acalento

Oh! grande e radiosa natureza
sempre está em Deus a confiar
sob este céu a vida a fulgurar
demonstrando sua fé, sua certeza

E em meio a todo esse esplendor
não te permitas ficar triste
há com a aurora que sempre existe
com sol ou com chuva, o amor.

Tudo a seu tempo

Como a árvore plantada
Junto a ribeiros de águas
segue firme tua caminhada
sem tristezas, rancores, mágoas

A semente a seu tempo germina
multicores mudando a atmosfera
lições que a natureza nos ensina
com as flores vem a primavera...

A dor e a doença te pedem coragem
Confia no Evangelho de amor
A porta estreita é só uma passagem
que fortalecerá tua fé no Criador

A luz divina ilumina de perto
cada passo por onde caminhas
porque Deus escreve sempre certo
mesmo sobre sinuosas linhas

Entre as flores

Amplidão, o caminho do sol nascente
realça a gota de orvalho que evapora
faz o brilho cintilar no céu, expoente
a música ecoar com as aves na aurora

Laborioso entender esses domínios
A sabedoria que flui dessa vertente
Vencendo muitas lógicas, raciocínios
e questões que vivem em nossa mente

E no calor desse doce chamamento
A natureza nos conclama a observar
as luzes que iluminam o firmamento,
os lírios permeando nosso caminhar

O amor, no gesto sublime de se doar,
Faz de nós as paisagens e suas cores,
O jardim que vê em plena luz do luar,
um rouxinol livre por entre as flores

O *voo da borboleta*

De uma simples e pequena casca
um divino ser a se transformar
Com seus movimentos logo se afasta
e por seu esforço vai ganhando o ar

Por entre jardins e campinas tão belas
a borboleta em ziguezague até a flor
paira sobre pétalas e corolas singelas
do Deus de bondade, do Deus de amor

De flor em flor faz crescer a beleza
na atmosfera de perfumes a inspirar
Regem os sons e brilhos da natureza
em nossos olhos e ouvidos de admirar

Embora os caminhos que escolhemos
não sejam tão suaves ou bonitos
por entre borboletas voaremos
sobrevoando flores e os infinitos

Brasil

Tuas matas são como lindo manto
A natureza faz de ti um país tão belo
O pássaro tem na voz um lindo canto
E no peito um deslumbrante amarelo

Mananciais de uma água cristalina
Nascentes, rios que tocam oceanos
Fé e amor em toda essa obra-prima
No coração do mundo, os altiplanos

Tua história de longe vem sendo escrita
Em cada olhar, no teu gesto de carinho
Abrigas os filhos de terras onde a desdita
Tem no triste vale o seu caminho

Seara onde há muito trabalho a fazer
Na busca de progresso dos filhos Teus
E uma voz do céu vem nos dizer
Brasil, chão abençoado por Deus.

Tua luz

Ao romper de uma linda aurora
A claridade vem com o nascer do sol
e orienta as aves do céu a toda hora
a luz divina como um grande farol

Eis que o barulho já circula nas cidades
gigante arcabouço de tantos movimentos
abrindo espaço pela busca da felicidade
e um universo de tantos sentimentos

Ante o céu de estrelas, é imperiosa
a dor, face às nossas imperfeições senda que retira
da trilha orgulhosa
a miragem do mar das sensações

Somos centelhas divinas do amor
Junto às fontes de virtudes eternas
E os grãos de areia desse esplendor
compõem o solo das ações fraternas

Posso entender quando tudo diz não
Como o Teu divino modo de dizer sim
E quando abro a porta do meu coração
É a Tua luz que brilha dentro de mim.

Singelo abraçar

O rio, em seu caminho até o mar
Entre folhas, pedras, sua nascente...
Ganha vida e forças para continuar
escoando formoso de sua vertente

O céu nos mostra um arco-íris no ar
Num colorido que alegra a gente
Sobre as flores, pássaros a cantar
Na melodia que o coração sente

Esse momento valeu por esperar
o rio se aproximou suavemente
e foi recebido num singelo abraçar
unindo os universos simplesmente

Sob a luz

Os ventos sopram durante o dia
entre as cores de uma linda geometria
O calor nos traz encantamento
quando o sol desponta no firmamento

E se quiseres lançar no papel
a graça e a beleza que vês no céu?
Deus está contigo nesse humilde serviço
no carinho que abraçaste o compromisso

Todos os seres precisam de acalento
das mensagens puras do sentimento
pois somos instrumentos de Sua vontade
a caminhar sob a luz de Sua bondade

E mesmo nos momentos de dor
sentiremos o perfume de Seu amor
e as pequenas sementes da gratidão
a florir no imenso jardim do coração

Dinâmica sublime

Não te deixes abater pela tristeza
Em teu caminho terás um abrigo
aos pequenos sinais de aspereza
o evangelho será teu guia e amigo

Se entre obstáculos a vida te conduz
O amor te mostrará a linda poesia
Diante de teus olhos verás a luz,
Na ternura dos cânticos da alegria

A manhã tem majestosa beleza
Com o sol, a noite vai se dissipando
é dinâmica sublime da mãe natureza
anunciar o dia que está chegando

Novos campos de rosas a florescer
que vão te conduzir a uma nova era
o amor é a melodia que nos faz saber
Nesse chamar, confia, acredita, espera

O *pensamento é criador*

Há uma conexão entre o nosso pensamento e o Universo, a Lei das Atrações. Somos como uma antena, emissores e receptores. Dessa forma, podemos captar energias na frequência de nossas vibrações mentais. Se nosso pensamento for positivo, mantendo o equilíbrio, haveremos de receber os sinais e as benesses dessas emanações.

Estamos cientes de que a modificação de nosso campo mental requer esforço, dedicação e acontecerá com o tempo. Somos todos filhos de Deus a percorrer muitas estradas, mas a sede do infinito adentra o nosso ser. Na busca pelas fontes de vida, eternas, confiamos na misericórdia do Pai. Nele encontraremos a força que nos permitirá ultrapassar todos os obstáculos.

O magnetismo puro e balsâmico recebido alcançará nossos importantes pontos de energia. E, envolvidos nessas afetuosas efluências, vivenciaremos, em nosso dia a dia, o fluir da harmonia, da paz e do equilíbrio.

Esculturas Pensamento

É forte a expressão do sentimento
Nas luzes que saem do coração
a construir esculturas pensamento
diferentes em seu brilho e extensão

Na densa penúria surge o lamento
O momento nos pede reflexão
Obras lançadas a todo o momento
plasmam no espaço de sutil dimensão

Mas se o amor permeia o caminho
não há cor de tonalidade escura
e o cântico de enlevo em pergaminho
surgirá em forma de partitura

As palavras de incentivo ao teu irmão
no verbo que é só bondade e ternura
são estrelas cintilantes na amplidão
tua obra de arte em divina escultura

Verás nas muitas moradas do infinito
as mensagens de consolo e acalento
linhas e curvas do contorno mais bonito
iluminadas pelo brilho do teu pensamento

Além das estrelas

O caminho que permeia a caridade
é puro, renovador e edificante
Faz a alma crescer em claridade
e nosso céu, mais belo e brilhante

Exercita teu trabalho no caminho
Seja o abraço humilde e acolhedor
As lágrimas que enxugas com carinho
serão tua luz e porta para o esplendor

O destino é sentir, amar e crescer
Ampliar as vibrações do pensamento
e voar nas brisas do entardecer
além das estrelas do firmamento

O perfume

Vejo a vida envolta em flores
perfume preenchendo os espaços
as pétalas, tão cheias de cores,
nos pecíolos que são seus braços

Tronco, raízes e sua estrutura
superam a chuva, o sol, o vento
Espraia essa magnífica arquitetura
um doce aroma sob o firmamento

O arco-íris neste céu se curva
em reverência ante essa grandeza
Há o brilho, mesmo na noite turva,
dos pontos fulgurantes dessa beleza

Não há vale de sombras ou de dor
A magnitude opera em simplicidade
Que permeia nossa vida de amor
E ilumina o campo fértil da vontade

E se essa paisagem pudesse falar
Dos clarões da lua ou do vaga-lume
Deixaria impressões sutis no ar
e na essência da alma o perfume

Em qualquer lugar

Por toda parte tu podes sentir
luzes vibrando em todos os lugares
no céu, na terra, e sob os mares
por toda a casa viajam a colorir

Há luz, na voz que faz consolar
num trabalho simples a fazer
no olhar fraterno a se compadecer
na causa que venhas a abraçar

Gestos que, como divinas centelhas,
brilham em vilas, praças, esquinas
pois, mesmo onde nem imaginas...
é sempre possível se ver estrelas.

A *cura*

Vive a vida, ainda que no entorno
seja escassa a luz, existe a clareza
a montanha vê todo o seu contorno
iluminado, no alto de sua grandeza

Se tua estrada é sinuosa e triste
Percebe as fontes de vida em derredor
O brilho do sol tudo clareia e insiste
em favorecer a vida, um mundo melhor

E quando o trabalho é penoso, afã
Multicores se espalham entre rosas
Mostrando que a dor é nossa irmã
E torna nossas estradas virtuosas

Quer sigamos por uma via iluminada
Ou mesmo aquela difícil e escura
O amor será, em nossa caminhada
A fonte de paz da alma, a cura.

Estrela brilhante

É possível sentir a harmonia
Nas brisas que chegam do mar
E o calor do sol em pleno dia
Ilumina a vida, traz o despertar

O céu azul é pura melodia
nuvens brancas voam no ar
se o coração fala de alegria
a saudade pode fazer chorar

Mas sendo Jesus nosso guia
Na fraqueza, Ele é o levantar
Inspira a prece, Sua luz irradia
a paz que a fé faz alcançar

Ante a dor do mundo, silencia
As luzes do alto irão te acalmar
Pois o amor é a centelha que cria
A estrela brilhante no teu olhar

A troca

A chuva forte movimenta as folhas
Sinais no céu iluminam a amplidão
Partículas se movem em bolhas
nos córregos sinuosos pelo chão

Nas oportunidades que a vida oferece
Muitas sendas em nós são marcadas
Na tempestade, quando tudo escurece
Novas luzes e direções são alcançadas

Os clarões da noite se unem ao dia
Na marcha que o tempo faz oscilar
Ora momentos de paz e a alegria
Ora lágrimas, dores que fazem chorar

Mas o amor é troca de cores reluzentes
Que promove forças para continuar
Seja na trilha de gotículas transparentes
seja nos singelos passos do teu caminhar

Quando há amor

Quando há amor
Há união de sentimentos
Até mesmo os sofrimentos
Se dissipam ante o seu calor

Quando há amor
Os dias têm vida, beleza, harmonia
Vibram corações com alegria
O botão se abre em flor

Em sua marcha, seja onde for
Haverá algo feliz a se vivenciar
O abraço, o sorriso que podemos dar
Serão as portas às fontes do esplendor

No céu, uma luz de cada cor
No oceano, a estrelinha do mar
A beleza do universo a conquistar
O coração daquele onde brilha o amor

Fé

No universo onde tudo reluz
Um manto de estrelas a brilhar
Tudo se renova, é força, é luz
E o novo dia nos faz continuar

As energias puras em vibração
alcançam o orbe do infinito
serenando a alma em oração
no caminho pleno e mais bonito

O sofrer vai então silencioso
com a dor que vem e que passa
nutrindo de fé o ser tão ditoso
na doutrina que crê e abraça

A esperança irá nos dizer
o melhor remédio é acreditar
e nesse jardim que nos viu crescer
novas flores podemos alcançar

Acredita

Nunca perca a esperança.

Confia, caminha sem medo. Lembra-te de que o Universo é harmonia e beleza sem par. Não há injustiças. Nesta seara, colhemos o que plantamos. E, juntos, vamos seguir nossa jornada de luz, na certeza de que o céu, o céu está aqui, aqui dentro de nós. E todas as angústias, dores e enfermidades hão de passar.

As cores e os tons que ecoam no espaço infinito acompanham-nos desde muito. Há um novo mundo surgindo agora, nesse imenso azul que cobre o infinito.

As folhas e flores ainda crescem em nosso jardim. E em nós habitam a fé, a esperança e a caridade.

Neste novo amanhecer, um lindo raiar de sol. Em nossa jornada, no renovar dos sentimentos, juntos compartilharemos essa majestosa e indescritível beleza. Trabalhando num novo porvir, numa nova era, seguiremos em direção das esferas elevadas, a florir, a brilhar num mundo de harmonia e de paz. Acredita!

Doce presente

Tão clara quanto a luz do luar
Dissipando sombras de estradas
Cintila no brilho do teu olhar
muitas oportunidades elevadas

Ampara, consola, conforta
O teu irmão oprimido
É só bater e abrir-se-á a porta
Que te levará ao abraço amigo

E no percalço do momento
Persiste no trabalho e na oração
te envolverá elevado sentimento
Que fará feliz teu coração

Qual abelha que toca a flor
E com seu labor nos dá tão doce mel
Em todo trabalho que fazes no amor
Terás na Terra um pedacinho do céu.

A *última voz*

Dentro de ti bate um coração
Que pulsa, sofre, encanta, ama
Num ritmo que toca e inflama
Na chama que te move para ação

Em cada dificuldade ou fraqueza
não sejas duro para contigo
perdoa, sê também teu amigo
não há motivo para aspereza

Ao trilhares os caminhos da solidão
achando que a tristeza não tem jeito
o bater compassado no teu peito
te fará lembrar uma linda canção

Na alegria do outro terás tua emoção
a transformar no interior teu sentimento
pois, para cada palavra, cada pensamento
a última voz será sempre a do coração.

Duas almas

Do perfume que sai das flores
no verde que surge da planta
a vida festeja em tantas cores
o ser que chega e se agiganta

Mãe, o amor trazendo a luz,
a paz, no calor dos teus braços
E nessa alvorada com Jesus
Seguirei firme em meus passos

E teu carinho, tua proteção
Estarão comigo, a me consolar
Nas horas difíceis e de solidão
Quando minha fé vier a vacilar

E tuas doces palavras de outrora
Quando me seguravas pela mão
Posso ouvi-las fluindo no agora
sempre as terei em meu coração

Divino olhar

Nossos olhos não podem ver
o movimento das raízes sob o chão
Tampouco podem perceber
Todo o brilho da amplidão

Invadindo o campo do sentimento
na penumbra de tantas ilusões
Da realidade temos um fragmento
Ofuscada no orgulho das paixões

Eis que a oportunidade é buscar
a força que vem da fé, da oração
E nosso ser a se transportar
à esfera de elevada dimensão

Há muitos órgãos dos sentidos
indicadores celestes de direção
Na sinfonia que toca os ouvidos
luz no abraço, no aperto de mão

Quando o som se torna um ruído
E os caminhos parecem de escuridão
Surgirá o fruto do bem construído
no brilho que emana do coração.

Nas trilhas de um destino

No dissipar de tudo que me envolvia
Na voz suave que me chegava
Senti o corpo quente que me aquecia
E o braço meigo que me abraçava

E passo a passo me vi crescer
as lições tenho na memória
nas letras trêmulas a escrever
os caminhos de minha história

Nos dias, ora frio, ora chovendo
Tudo seguia seu curso, sua estrada
Nas folhas que iam crescendo
Nas pedras que surgiam na caminhada

Na manhã, um lindo sol nascendo
as aves com sua graça e formosura
E na natureza que ia florescendo
A harmonia era sua assinatura

Uma orquestra regida por Deus
Que Está a cada dia a nos ensinar
No amor para os filhos Seus
e nas novas lições a vivenciar

E quando a vida parece tecer
Seu curso, num destino aparente
outra semente irá florescer
Num novo dia, mais belo, reluzente

O verde e a clorofila

A luz interage com a clorofila
Processo que faz abrir a semente
Um grânulo em movimento oscila
e o pecíolo cresce ascendente

A vida que as folhas sustentam
Resplandece nos vasos de ornamento
Ou em seres que lutas enfrentam
Na busca incessante por alimento

Uma nova paisagem surge verdejante
Difícil expressar o que está escrito
Em diferentes escalas e consoante
Com as luzes do céu, do infinito...

E uma voz nos pede para acreditar
No amor, que transforma miragens
Em cores sutis e olhos a vislumbrar
os rios e oceanos dessas paisagens.

Girassóis

Num universo de tantos sóis
Arco-íris se curvam sobre flores
Na luz, que orienta girassóis,
do céu que abriga multicores

A vida se une em tantas roupagens
Numa variedade de seres infinita
E nas mudanças de suas paisagens
Desperta uma aurora mais bonita

A neve branca envolve a montanha
O sol da manhã nos faz companhia
num ciclo que sempre se acompanha
das chuvas, no azul que forma o dia

Mas, se a noite te chega escura
as estrelas te servirão de guia
tua caminhada seguirá segura
no cintilar de suas luzes e energia

Há no perfume desses muitos coloridos
o amor, que nos envolve tão de perto
seja nos campos de girassóis floridos
Ou nas areias de um tórrido deserto

Na direção da luz

Do alto, a claridade vem e socorre
Seus filhos, num gesto de amor
Pois nosso ser ainda busca e percorre
O vale escuro de sombra e de dor

E nesse caminho, nessa estrada
Em cada minuto dessa experiência
Um raiar de luz, nova alvorada
e a beleza plena por excelência

Lembremos o cintilar no azul celeste
da vida farta que vem com o sol
pois, se nosso astro-rei nasce no leste
ao meio-dia já é um gigante farol

No jardim florido existe a poesia
Doce graça e ternura residem ali
Te chama a sorver de sua energia
Em vibrações suaves dentro de ti

Se tua luz está em vales peregrinos
deixando o teu céu obscurecer
faça como esses lindos pequeninos
que voam com ela no amanhecer

Amanhã

As sementes que hoje florescem
foram lançadas ontem no jardim
as cores e os perfumes permanecem
pois a vida pulsa e cresce assim

Os riachos alcançam os oceanos
O olhar, o brilho das estrelas
Amizades sinceras conquistamos
e o abraço nos fez percebê-las

E se o destino nos deu esse caminho
A fé nos permitiu hoje compartilhar
As flores que recebemos com carinho
desse campo de virtudes a vivenciar

Amanhã, a oportunidade bondosa
um novo rumo irá nos consagrar
E o amor, fruto dessa luz radiosa,
no coração, será a estrela a brilhar

Medita

Águas que dão vida às cachoeiras
O céu projetando partículas de luz
Aves sobrevoando matas altaneiras
Nos caminhos que a vida conduz

O presente é a ilustre consequência
Da obra que no passado se fez
Que toca no ser, em cada consciência
A viver em outro tempo mais uma vez

Os céus se abrem a alma aflita
as dores um dia hão de passar
O amor rege o mundo, medita
Em cores radiantes a brilhar

Segue confiante em teu viver
Nos caminhos da fé, da esperança
e a divina luz do amanhecer
fortalecerá em Deus tua confiança.

Trabalho, harmonia e paz

Todo trabalho exige perseverança, muitas vezes, resignação e paciência. Podemos ver nas obras do homem que edificaram o mundo. Nada diferente, porém, para a evolução e o aperfeiçoamento do ser. A morte não nos transformará em santos ou anjos. Levaremos, em nossa bagagem, somente o que semeamos. Todos os missionários, que exerceram o trabalho constante no bem, semearam virtudes, construíram valores não perecíveis e transformaram muitos corações; seja no campo da ciência, seja no das virtudes da alma. É natural, portanto, concluir que o desenvolvimento das duas asas, sabedoria e amor, faz-nos crescer na direção dos céus.

Valorizemos a vida. Lembremos que há um propósito perfeito em tudo. Nos pequenos passos que damos, edificamos nossa estrada. Busquemos, pois, inserir o coração à frente de nossas tarefas. Faz-se mister, portanto, espargir o amor que se compadece, confia e espera. Estaremos, assim, semeando luz pelo caminho, harmonia e paz, transformando nosso ser, nossa casa e o mundo.

Nosso *universo*

De um universo que está em expansão
Surgiu a vida, que renasce lindamente
Das flores, o perfume simplesmente
Harmonizará os caminhos da criação...

A luz permeava os seus movimentos
a chuva auxiliando os processos vitais
nos organismos, mônadas, havia sinais
da simplicidade, a nutrir seus eventos

Os horizontes cresceram em virtude
E no dissipar da força de dispersão
Formaram-se, de células em ligação,
Estruturas maiores em plenitude

Animais gigantes, tempo de pré-história
Olfato e instinto moviam suas entranhas
Nesses seres hostis de linhas estranhas
O sentimento jazia longe da memória

Entre alvas nuvens, no cessar de explosões
O homem surge simples, forte, destemido
Por hora vai vivendo o que lhe faz sentido
Paixão e sabedoria a construir suas ações

Os gigantescos blocos de construção
Formam as pirâmides, sua geometria
Alinha vontade, fé e muita sabedoria
De um povo da longínqua constelação

Nas formas, pensamento do gladiador
Sobrevivência e egoísmo em primeiro
Na superfície terrestre, esse forasteiro
Preparava, a cada dia, o voo libertador

A mão, aos céus, erguia em clemência
Nos dias difíceis, nos momentos de dor
Bens e riquezas, não eram um atenuador
ao frente a frente com a sua consciência

Mas, eis que o dia surge em nova aurora
Trazendo grande esperança a todo sonho
Ao ser que ora renasce e caminha risonho
Ciente que provas existem, muito embora

No pulsar das muitas luzes da amplidão
divina sabedoria, a perfeição do criador
Que faz florescer no caminho o amor
a modificar o mundo, o ser, um coração

Sê feliz

As nuvens seguem a direção dos ventos
redemoinhos se formam em derredor
a angústia na região dos sentimentos
lança na travessia uma aridez maior

Na vida, no Universo, tudo faz sentido
Não há, em seus interiores, lamentações
Preservam, a cada segundo transcorrido,
Beleza e harmonia em suas emanações

Se no íntimo a alma encara face a face
A vil incoerência, um mundo de dor...
Confia, que uma esperança logo nasce
Em tua vida, Deus é soberano e Senhor

Sê feliz, no caminho há um trabalho
A seu tempo virá a plena felicidade
Seja na noite, com as gotas de orvalho
Ou durante o dia com a oportunidade

Caminha confiante no mundo agora
Enche o suntuoso vaso com teu labor
O futuro te espera em nova aurora
De perfumes, muita paz, luz e amor

Halo de luz

Aproxima-se suavemente a borboleta
Sobre acácias e orquídeas do jardim,
pétalas brancas, com tons do violeta
e perfumes de rosas, lírios, jasmim.

A vida evolui, se renova com seu calor
Na claridade do céu sobre nosso chão
Invisível halo de luz nos enche de amor
Sua doçura acalma o bater do coração

A alma vive nova estação, em nova era
Cresce nos jardins da Terra, um paraíso
entre flores, no esplendor da primavera,
um resplandecer de cores e sorriso

O colorido dessa luz viaja na madrugada
De estrela em estrela a lei maior nos diz
Com fé e esperança nossa caminhada
Será cheia de ensinos, tão doce, feliz.

Suaves perfumes

O Amor é nossa maior poesia
Brilham luzes de excelsa cor
Vibram corações de alegria
Quando pronunciamos amor

Na Terra, e além das estrelas
sua luz percorre todo o lugar
é simples olhar acima e vê-las
a pulsar no céu, em nosso lar

Ele é pleno em todo o trabalho,
no surgir da aurora e neste lugar.
Nos dias de sol, na noite de orvalho,
a expressão da caridade a vivenciar

E quando o futuro se aproximar,
num novo dia, em outra cidade,
sentiremos o amor em flores a exalar
os suaves perfumes da felicidade.

Voz suave

Na leveza do voo do passarinho
eu era o pulsar do teu coração
Estavas abraçado com carinho
E minha voz te fazia canção

No teu correr veloz de menino
Eu te segurei firme pela mão
Mesmo quando ias sem destino
te mostrei a melhor direção

Não obstante as luzes da cidade
Às vezes seguias na escuridão
Eu era tua alegria, tua felicidade
quando fazias com fé tua oração

Eu sou o amor e estou onde estás.
E meu brilho, de radiosa dimensão,
na calma de cada instante terás
ao ouvires a voz do teu coração.

Nossos erros

Na marcha do tempo que passa silencioso
Nossas vidas se encontram interligadas
De um pretérito nem sempre tão formoso
Nossas construções serão apresentadas

Ante a pintura que o quadro aparenta
Lágrimas correm dos olhos tão sofridos
Mas a bondade tão terna se apresenta
E faz a alma ver no céu novos coloridos

Não há, nesse caminho, culpados
Exigências ou cobranças de sucesso
Teus passos humildes serão considerados
Em tua persistente marcha ao progresso

Nossos erros não são o que mais importa
Nem mesmo a dor que ao coração assola
Mas o abraçar que no abrir da porta
Faz surgir o amor que ampara, consola

Fonte de vida

Suas gotas no ar vão dançando
longas quedas de suprema altura
Por entre pedras vão escoando
Da rocha brota vida e água pura

Bem cedo se ouve a floresta ecoar
Um novo cântico neste lindo dia
E a brisa que vem nos refrescar
Tão suave... espalha harmonia

Nos céus já surgiu a linda aurora
A fonte de vida nos fez crescer
Sustentando ontem, sorrimos agora
Em graça e beleza, no entardecer

Fechando os olhos podemos sentir
Os sons e seu perfume encantador
Por nosso corpo irá então fluir
a vida, uma dádiva de Seu amor

Veremos o coração, em sua coerência,
Clamar por novos caminhos e cidades
e, no vislumbrar de nossa consciência,
as luzes de resplandecentes claridades

A vida

Os dias vão indo lentamente
A chuva se mistura com o ar
O frescor chega suavemente
Há algo de novo no caminhar

A água que escorre pelo chão
Umedece as folhas, plantações
Embora sem a completa noção
colhemos os frutos dessas ações

Ela então nos convida a sonhar
Mostra-nos os tesouros que tem
Se um tempo mais podemos ficar
Sentimos que há sempre algo além

Uma montanha e outra, a seguir
Estradas sinuosas e seus desvios
Faz nosso coração então se abrir
E caminhar com novos desafios

Se o céu, a felicidade vem ofertar
A vida traz o sonho de liberdade
no amor que vê a estrela a brilhar
na alma, um voo feliz à eternidade

Serenidade

Rios que contornam grandes planícies
Caminhos entre paisagens a se formar
A vida renasce sobre suas superfícies
E vibra em nossos olhos de admirar

Os ventos formam a brisa que acalma
Por entre folhas e rochas, a sonoridade
As vibrações que harmonizam a alma
Reluzem halos de amor e fraternidade

Vibra, no perfume que exala a flor
Um espargir de paz e farta beleza
É, o mais sutil gradiente de cada cor,
Expressão divina por sua grandeza

E no reluzir de nosso sol interior,
nas vibrações no campo da bondade,
Terá, nossa natureza em resplendor,
O irradiar da mais pura serenidade

Unindo os mundos

O universo é extremamente belo, infinito...

Nas luzes das estrelas vemos a criação de Deus. Luz que atravessa o espaço e alcança a Terra, sustentando a vida, tão diversa.

Mas, diante das leis divinas, tão sábias, por vez se depara a incredulidade. Alguns pensadores, no uso limitado da razão, dizem que o universo surgiu do nada, do acaso.

Como o acaso pode produzir vida?

Temos que respeitar, no entanto, o momento de cada ser. Enquanto uns executam o trabalho no bem e no esforço regenerativo, muitos outros se desviam da própria rota e, em face de suas escolhas, percorrem o caminho da ilusão e do sofrimento.

Mas todos nós somos centelhas divinas. Por nosso esforço e fé, venceremos as pesadas ondas vibratórias que possam surgir.

A música suave nos harmoniza. O trabalho no bem nos conforta. Um perfume de flores envolve nosso caminho. A vida, em suas muitas lições, nos ensinando a ver, ouvir e sentir.

O transformar

Observai a luz que no céu fulgura
o azul e muitos tons do amanhecer
vede, ante as fases da noite escura,
o pulsar de estrelas do entardecer

O abrir de asas evolui a criatura
que a lúdica escrita nos faz saber
no olhar de mãe há doce ternura,
no fluir da vida, o nosso aprender

O artista desenvolve a escultura
Em sua erudita forma de se fazer
A arte vai lapidando a formosura
E o desejo que faz tudo acontecer

Ressurge nesta paisagem a figura
do amor, um perfume em nosso ser
O transformar das pétalas assegura,
em nosso jardim, um novo florescer

Constelação

No silêncio das noites milenares
Lindos pontos cintilantes a surgir
E a vida de centenas, de milhares
vive a fase do renascer para evoluir

Se a beleza umedece os olhares
a oportunidade nos faz construir
alicerces que sustentam os pilares
do ser, unindo estrelas ao porvir

Os sentimentos são familiares
Uma doce saudade nos faz refletir
Nos sonhos fulguram os lugares
de vinculações e energias a fluir

Constelação de brilhos estelares
são as pétalas luminosas a florir
A obra do amor vê-se pelos ares
num caminho de luz para seguir

Coração

Falas comigo a cada segundo
Na voz melodiosa em meu peito
Minhas impressões neste mundo
Resultam no pulsar do teu jeito

Quando fico triste, desolado,
no vazio de minha intemperança,
teu bater carinhoso ao meu lado
me desperta um céu de esperança

Cada olhar te envolve, emociona
sentimento transformas em carinho
és a luz que vibra e nos impulsiona
a ouvir tua voz mais um pouquinho

E quando tua marcha incessante,
no caminhar do tempo, silenciar
lembrarei do amor puro, constante
que silencioso, tu pudeste abrigar

Pedaço do caminho

A travessia na Terra induz reflexão
Uma história com muitas roupagens
Em que o ser em cada combinação
É novo aprendiz de suas romagens

Quando acorda para uma nova vida
Entre soluços e lágrimas a expressar
Desperta sorrisos, e uma mão amiga
o envolve nos braços a lhe afagar

Seus dias podem ser belos, virtuosos
Face ao vislumbrar da amplidão
Ou se tornarem frios, tenebrosos
A lhe ofuscar a luz que sai do coração

As vozes do céu se abrem em esplendor
Na forma simples de manifestar carinho
Nas lindas flores que a ternura do amor
faz florescer nesse pedaço do caminho

Semente

O céu se abre num azul tão claro
Lar das estrelas do firmamento
Leve gradiente de cores e não raro
Um campo virtuoso do sentimento

Vamos caminhar em jardins floridos
Sentindo a doçura dessas paisagens
Nos elevados teores tão esquecidos
Na voz que exprime essas mensagens

Se o passado não foi de bonança
Não criemos um ar de tristeza
Acreditemos! O céu é esperança
a nos trazer a luz da fé, da certeza

O amor é uma semente no chão
Quando se abre, traz a felicidade
Que faz nosso pequeno coração
Amar hoje e sorrir na eternidade.

Preciosa oferta

O campo verdejante dorme silencioso
Iluminado pelas estrelas e o luar
Suave luz de um céu tão formoso
Na calma que espera o dia clarear

O som da chuva parece prever
o imenso brilho que vai despontar
De um lado, a vida que está a nascer
De outro, uma que vai continuar

Quem conseguirá um dia descrever
As nuances da Terra ao girar?
Seus muitos caminhos a percorrer
Nas trilhas do universo, nosso lar

Formigas em movimento constante
Seguem na tarefa do construir
Faz-nos refletir por um instante
Na estrada que pretendemos seguir

E se os olhos sentem essa beleza
A alma quer ir em frente e despertar
Em novas terras que por sua pureza
Tem o perfume do amor a ofertar

Nova era

O amanhecer começa silencioso
Espumas borbulham na crista do mar
O céu se abre num azul tão ditoso
Qual perfume de flor, a tudo permear

Alguns ciclos se repetem a seu turno
levando aos progressos de nossa era
No trabalho que ressurge oportuno
transita nesse orbe nossa esfera

Os estudos que avançam a ciência,
a matemática importa em calcular
E pulsando no vazio da consciência
há um coração que quer se expressar

E no brilho de tantas virtudes
a natureza nos mostra suas cores
convida-nos, ante as vicissitudes,
a sentir do perfume das flores

A rosa surge nesse imenso jardim
nos ditames do amor em nova era
onde nosso ser, nesse céu sem fim,
se harmoniza, evolui, ama, acelera.

Prece

Pai, agradecemos-Te por mais um dia nesta senda de luz. Estamos ligados a Ti, no amor que nos une, na prece sincera. Nosso coração esperançoso agradece. Nossa alma vive os ensinamentos de Jesus, no cintilar de nova era.

Obrigado, Senhor, por podermos participar dessa seara de luz e amor. O trabalho nos une e revigora. As dores são, por hora, nossas companheiras e a somatização de um passado de lutas e percalços de nossa história em violação de Tuas próprias leis. Sê conosco, Senhor. O mundo espera nossa contribuição de virtudes no bem, no campo florido da caridade; a minimizar as dores, sarar as feridas, ser a mão que apoia, o ouvido que capta a angústia que fala, o abraço que socorre e a voz que orienta.

Que a noite seja longa no trabalho, no além de nossos sonhos. E seja curta para um novo porvir no amanhecer. As energias celestes são o manto de luz a nos envolver, fortalecendo as nossas células para uma vida saudável e feliz.

Que seja assim nosso caminho.

Um presente

Feche seus olhos suavemente
Sinta o fluir da sua respiração
Na harmonia que o corpo sente,
Nesse ritmo, o bater do coração

O presente vive, é a certeza.
Se inverno, há primavera após
Flores, perfumes, e a natureza
Mostra o sol, o arco-íris em nós

Não há dissabor no caminho
Cada dimensão tem seu valor
Nos envolve a luz, e o carinho
Se vê na vida, no ar, no amor

E o pulsar de estrelas a surgir
leva ao infinito a alma, a mente
Isso tudo nos faz então sentir
que a vida é linda, um presente.

Projeções

Às vezes, o céu destoa cinzento
o frio marcando a temperatura
se a angústia nutre o sentimento
abre-se espaço para a amargura

Entre nuvens espessas aparece
uma fenda de sutil abertura
A esperança, no jardim floresce
Ecoa livre no íntimo da criatura

Há muitas barreiras a se vencer
Em nossos anseios de liberdade
que nos preparam para o entardecer
no encontro com a paz, a felicidade

Se, junto ao teu sonho, vem o dissabor
que te envolve em alguma tristeza
Observa que o céu é todo amor
Projetando na terra a sua beleza

Cada passo te traz nova sentença
Inspira o perfume que permeia o ar
A sombra é projeção da luz intensa
que sublima teu divino caminhar

Oportunidade bondosa

Da noite de estrelas ao amanhecer
o teu silêncio me permite sonhar
e desse todo que posso compreender
sinto ter muito ainda a avançar

A tua música em meu interior
Vibra a alegria em doce festa
lá fora vejo a vida em esplendor
na linda paisagem que se manifesta

A divina oportunidade bondosa,
com seu lindo manto de luz e cor,
vem nos oferecer o perfume da rosa,
e a essência da vida... o amor.

Obra divina

O ser que nasce recebe um sorriso
e a cada gesto, um novo carinho
Se a Terra nos fornece o paraíso
O lar é o aconchego, nosso ninho

Porém, é difícil prever o futuro
A história pode ter rumos incertos
Buscaremos sempre o lugar seguro
O amor nos recebe de braços abertos

Se de nós exala a sinceridade
qual perfume de rosas a florir
viveremos uma nova realidade
no trabalho simples do servir

O arco-íris quando em formação
projeta luzes em várias direções
Do vermelho, no pequeno coração
ao azul, das muitas amplidões

Cada ser é um desenho, uma arte
Uma vida inteligente em expressão
que de um todo fazemos parte
dessa obra divina de perfeição

A busca

Somos todos filhos de Deus
A percorrer muitos caminhos
num transformar que diz adeus
Ao vale de sombras e espinhos

É certo que nem tudo é bonança
nos dias tristes a alma implora
uma luz, um brilho de esperança
serenidade nos segundos do agora

Mas se o teu coração, na verdade,
Busca a paz, uma pétala de carinho
Brilhará tua solicitude, sinceridade,
o amor que semeias no caminho

Pulsar

No jardim despontam novos valores
Amor e beleza a florescer entrementes
Na terra que vê o crescer das flores
Entre perfumes e estrelas reluzentes

Sementes de amor voam com o vento
Pelas folhas e raízes estão a fluir
Há, no tronco desse puro sentimento,
valores que só o coração pode sentir

Os cinco sentidos

A bondade divina se manifesta
numa aurora de intensos brilhos
botões se abrem em grande festa
no ofertar de cores aos Seus filhos

Tato e olhos não podem perceber
o que vem pelo olfato e ouvidos
e cada difícil lição nos faz saber
há muito além dos cinco sentidos

Brilham no cintilar do sentimento
As estrelas dessa infinita manta
Que faz da Terra nesse momento
Um orbe que pulsa e se agiganta

Dissipar-se-á o amargo sabor
E cada erro que nos entristece
Pois só o fruto desse imenso amor
É o que sobrevive e permanece

No silêncio da noite

Guardo comigo o sorriso de criança
Serviu de esteio ao ser que hoje sou
A vida nos deu a luz da esperança
E num campo fértil a semente brotou

Os céus e a Terra se mesclam no ar
a construir um mundo tão formoso
que permite ver meu corpo flutuar
nas dimensões desse universo radioso

Oh, aurora que surge reluzente
És a obra sublime de teu Senhor
junto ao sol que nasce expoente
na manhã de glória, o excelso amor

Como fugir do laço que nos une
e da beleza das flores de teu jardim?
Se no silêncio da noite não fico imune
do pulsar de tuas estrelas dentro de mim

Algumas narrações

Como não pensar no amor?

"Olhai os lírios", disse Jesus. Sentimos na intimidade da natureza e nos recônditos da alma a chama sagrada que nos alimenta. Eis o amor, impresso nas folhas que caem no outono, no cintilar longínquo de uma estrela, na alegria dos pássaros, na relva macia, na força dos mares e na beleza dos campos floridos. O amor clareia e esparge a sua luz no universo e, como um verso sagrado, revela o Criador.

ELINO Jr.

Todos os caminhos de Deus conduzem ao amor. É pelo amor que aplacamos ódios e aprendemos a perdoar. Nele conhecemos o que é dedicação e desinteresse.

LÚCIA R. F. CORREA

O amor vai além do tato e contato. Ele promove a união dos seres e transcende a vida e o tempo.

SOLANGE RABELO DA SILVA

Luminosa, grandiosa palavra que exprime e resume genuinamente o motivo da existência... o amor.

ALESSANDRA FURQUIM

Todo mundo ama todo mundo.

YASMIM (9 anos)

O amor fala por amor que todos vão te amar.

ARTHUR (6 anos)

O amor é coisa de carinho, abraçar e beijar.

MIGUEL (6 anos)

Nossa história

As histórias podem ser contadas de diversas maneiras. De modo extenso, em grandes abordagens, ou resumidamente, destacando-se somente os pontos que se julgue serem mais relevantes. No entanto, se tivermos a pretensão de contarmos toda a história da Terra, desde a sua criação, poderíamos falar de sua formação geológica inicial, suas transformações, até o surgimento do homem. Chegaríamos, então, a uma evolução científica e tecnológica que caminhou ao lado de tantas guerras. Dessa forma, voltaríamos nossa atenção para a parte física da Terra e o lado pequeno do homem; o tema se cercaria, na verdade, em torno da pobreza humana.

Mas se assim fizéssemos, não estaríamos sendo abrangentes, e trechos importantes desse "filme" teriam sido deixados de lado. A vida na Terra, em toda sua amplitude, não se resumiu apenas a guerras e lutas, opulência e pobreza; busca pelo poder por uns, opressão e sofrimento de outros.

Paralelamente a este mister, há um mundo que transborda beleza, alegria, esperança e fé. Lindos arco-íris, aves migrando nos céus, o perfume das flores, as brisas suaves...

O movimento dos peixes coloridos no mar é favorecido pela lua, e as estrelas cintilantes iluminam a Terra em sua viagem nesse céu sem fim.

As folhas voam na direção dos ventos. Sons suaves se espalham em derredor. A harmonia modificando o sentimento, e o olhar de mãe, de ampla magnitude, é forma pura de carinho. Nos campos, sol e chuva atuam em folhas, flores, caule e raízes. E no vaivém das formigas, um trabalho similar ao que ocorre nas grandes cidades. Na natureza, não há lágrimas e prantos; ela possui diferentes valores.

A árvore nos dá seus frutos e, no transformar das sementes, uma enorme variedade de flores. Podemos, nesse contexto, destacar um importante processo entre as espécies vegetais. Nota-se que algumas plantas se encontram espalhadas por vastas regiões e, por vezes, distantes do local de onde se originaram. Esse fato tem sua causa nos dispersores de sementes. Sendo as sementes órgãos de perpetuação, quando maduras se desenvolvem a partir da planta-mãe. É primordial que as sementes e os frutos sejam levados a áreas bem distantes. Assim, surgem os diversos agentes dispersantes. Em sua forma simples e inteligente de agir, a natureza se utiliza dos animais, da água, dos ventos, entre outros, como agente dispersor. Algumas dessas sementes e desses frutos são tão leves que suavemente são levados pelo ar. Outros, não tão leves, possuem alas, estruturas que funcionam como hélice que permite que sejam transportadas de um local para o outro.

A natureza deseja que o bem se propague. A rosa surge nesse imenso jardim modificando nossa antiga paisagem. Mostra, em sua simplicidade, a beleza de suas cores, o perfume.

E se o coração pudesse expressar-se ante essas fontes de vida, energia e paz, veríamos nossos mais profundos e sinceros sentimentos de gratidão, alegria e afeto. Mas o que há por trás de tudo isso?

Olhando para o nosso interior e a natureza em derredor, podemos compreender. E sob o olhar, de enlevo, admiração e agradecimento, a resposta a essa pergunta tornar-se-á simples...

Amor
essência da vida